LA FESTE ROYALE DE St CLOUD,

Le 26. de Novembre 1686.

En Réjoüiſſance de l'Heureux Succez de l'Operation faite ſur la Sacrée & Tres-Auguſte Perſonne de Sa Majeſté.

A LEURS ALTESSES ROYALES MONSIEUR ET MADAME.

Par le Sieur LAURENT.

A PARIS,

Chez Antoine Rafflé, ruë de Petit-Pont, à l'Image Saint Antoine.

Avec Permiſſion.

LA FESTE ROYALE
de Saint Cloud.

MA Muſe avoit juré de garder le ſilence,
Mais des nouvelles d'importance
Luy font indiſpenſablement
Sans déplaire à Phœbus, violer ſon ſerment.
J'oſe donc ſupplier vos Alteſſes Royales
De recevoir encor ſes rimes inégales.

Le dix-huit de Novembre on vid toute la Cour
Languiſſante, abbatuë, & d'un excez d'amour
(Quoy qu'on n'en puiſſe avoir aſſez pour un
Monarque,
Dieu Donné, Tres-Chrêtien, au deſſus de la
Parque)
Ne pouvoir arréter le torrent de ſes pleurs
Atteinte vivement de ſes juſtes douleurs,

A ij

Aussi-tost qu'elle apprit par quelques voix
      confuses,
Que le Roy qui du Ciel tient ses Vertus infuses
Avoit sur luy souffert une Operation
Que Felix trop heureux fit en perfection,
Mais si secretement, que la Maison Royale
Ne sçût qu'aprés coup fait qu'une ardeur sans
      égale,
Pour la Gloire de Dieu, son Eglise & la Foy,
Le bien de ses Sujets, avoit poussé le Roy
A souffrir constamment armé de patience
De toutes les douleurs la rude violence.
Peut-être que s'il eut declaré ses desseins
      Chacun auroit ôté des mains
De cét adroit Felix les Outils necessaires,
Ses fideles Sujets auroient en temeraires
Par un zele amoureux tumultueusement
A la Cour avolé respectueusement,
Pour s'offrir tour à tour d'en être les Victimes,
Le zele des François ne se peut pas en rimes
Assez bien exprimer; oüy je tient pour certain
Qu'on auroit vû ce jour dés l'aube du matin,

Les Trois Etats épris d'une ardeur mutuelle
S'empresser pour montrer leur amour & leur
   zele.
Mais le Roy clairvoyant & semblable au
   Soleil
Dont l'Histoire n'a, n'ût & n'aura le pareil,
Et qui sçait à quel poinct on le redoute & l'aime,
Voulut pousser ce jour l'amour jusqu'à l'extrême,
La douleur qu'il souffrit causa nôtre Salut,
Fit trembler l'Heresie & c'étoit-là son but.
Aussi le juste Ciel pour digne recompense
De toutes ses douleurs le conserve à la France,
Il promet à nos vœux que nous poussons toûjours
Qu'il verra de Nestor à tout le moins les jours :
Il doit de l'Univers faire une seule Eglise
Et c'est ce que je veux que dans l'Histoire
   on lise.
Qui contre la douleur a si bien combatu
Se doit éterniser par sa seule Vertu.
Malgré ses Ennemis, s'il en ose paraître,
Il verra son cher Fils dés son coup d'essay
   Maître,

Sous ſes Ordres planter en mille endroits divers
Les trois fleurons du Ciel & domter l'Univers.

Le Roy par ce ſeul coup a plus fait de Con-
quêtes,
Il a par ce ſeul coup plus fait trembler de
Teſtes,
Qu'il n'en a jamais fait par ſes fameux Ex-
ploits,
Pour ſe vaincre né ſeul & faire à tous des Loix.

Comme on trouve le calme aprés une tempeſte,
La courſe fit toute de feſte
De voir de jour en jour ſe mieux porter le Roy,
Ayant quitté ſon juſte effroy
Elle reprit ſon allegreſſe
Et pleine pour luy de tendreſſe,
Pour la mieux ſignaler elle fut à S. Cloud
Vos delices, Alteſſes, où
Si bien elles la regalerent
Que juſqu'aux Mandarins le Regale admi-
rerent.

Le vingt & six du mesme mois,
Fut le jour que d'un air courtois
Par des caresses sans égales
Dans vôtre beau Saint Cloud vos Altesses
Royales
Reçûrent nôtre leste Cour.   (l'Amour
Les trois Graces, les Ris, les Plaisirs &
Furent aussi de la partie,
Elle fut si bien assortie
Que chacun hautement cette Feste loüa
Et que chacun mesme avoüa
Que dans ce surprenant Regale
Tout étoit d'une grace & façon sans égale.
Sur les quatre du soir Monseigneur arriva
Pour se bien divertir tout prest il y trouva;
Madame la Dauphine, & leur suite nom-
breuse
Furent par vous reçûs d'une ame genereuse.
Aprés les premiers complimens
Qui furent galans & charmans
Dans vôtre grand Salon, d'une magnificence
Par admiration à passer sous silence,

Comme tous les *Apartemens*,
Tant on y vit briller de riches ornemens,
De meubles precieux en or &) broderie,
Dont par le droit civil & par le droit d'hoirie
Vôtre Altesse Royale a Madame herité,
Ils sont beaux, mais sont moins qu'elle n'a
      merité.

A cinq heures du soir une douce harmonie
    D'une charmante Symphonie
  '*Au* Bal invita les Danseurs,
Altesses, c'est icy que les neuf doctes Sœurs
Surprises de l'éclat de tant de Pierreries,
De Rubis, Diamans, Perles & Broderies,
Ne peuvent comme il faut rappeller leurs
    esprits
Pour faire concevoir leur valeur & leur prix;
    Car le Salon parut une Inde Orientale
    Dans une clarté sans égale
    Des Diamans sur les habits;
Leurs aimables brillans & les feux des Rubis
    Firent cent fois de plus grands lustres
    Que toute la clarté des Lustres,

                           Et

Et de ces Diamans le prix & la cherté
Dans leur arangement rehauſſoient la beauté.
Alexandre a Roxane b Epheſtien c Argie d
Liſimachus e Cratere f Aſpaſie g Orythie h
Pirithous i Jaſon l Calaïs m & Zetés n
Typhis o Arſinoe p Atalante q & Ceres r
Galatée ſ Hermione t à la danſe étalerent
Tant d'adreſſe & d'appas que chacun ils char-
    merent,
Les Mandarins auroient ſans doute ſouhaité
Que le Bal eut duré pour une éternité,
Admirans de leur mieux l'adreſſe & la cadence
Que l'un & l'autre ſexe obſervoit à la danſe.
Quand ils virent danſer Roxane & Calajs
Le Rigodon enſemble ils furent ébahis,
Comme ils avoient été voyant cinq giroüettes
Que fit un pied en l'air Argie en piroüettes.

Alteſſes Royales, ma Muſe   [cuſe,
Helas ! n'a par malheur qu'une trop juſte ex-
Si des Danſeurs elle en obmet quelqu'un,
Sa foible veuë eſt connuë à chacun.

B

LA CLEF DES NOMS.

a Monseig.r le Dauphin *b* Madame la Dauphine
c Mr le Duc de Bourbon *d* Madame la Ducheſſe de Foix *e* le C. de Brione *f* le Prince de
Soubiſe *g* Me la Ducheſſe de Roquelaure *h* Me
la Marquiſe de Danjeau *i* le Chevalier de Cha-
tillon *l* le Comte de Tonnerre *m* le Duc de la
Trimoüille *n* le Comte de Nogent *o* le Chevalier de Soyecour *p* Me la Marquiſe de la Porte
q Mademoiſelle d'Armagnac *r* Mademoiſelle
de la Force *ſ* Mademoiſelle de Simiane.

Quoy que la noire nuit eut de ſes ſombres voiles
  Caché la Lune & les Etoilles,
  Les feux que l'on vit à l'entour
  Du Château firent un beau jour
Depuis les huit du ſoir juſqu'à ce que l'aurore
Regretant ſon Cephale eut bien humecté Flore.

Pendant le Bal on fit une Colation,
  Les Liqueurs en profuſion
Et les Fruits plus exquis, confits, ſecs &
  liquides
Satisfirent fort bien le goût des plus avides :

Cependant les Acteurs Comediens François
Se preparoient à plaire & de geste & de voix.
On alla les trouver & par l'Orangerie
L'on passa ; ce fut là que Flore en broderie
Prit plaisir d'émailler de diverses couleurs
Ses habits parfumez des meilleures odeurs,
La vûë & l'odorat, si bien s'y recréerent,
Que les plus curieux l'éclat en admirerent.
Qui ne l'auroit pas fait ? des lustres la clarté
Etouffoit de la nuit toute l'obscurité,
        Et l'Art secondoit la nature
Pour rehausser dautant son aimable parure.
Aprés la Comedie on servit le Souper,
Quatre Tables d'abord eurent lieu d'occuper
        Vôtre charmant Salon, Madame,
        Pour suivre de mon fil la trame :
Je diray que chacune avoit seize couverts,
Ce fut là que l'Amour servit à plats couverts,
        Et par les yeux des belles Dames
        Blessant les cœurs toucha les ames,
Chacun de ce Service admira le Buffet
        Tant il étoit riche & bien fait,

On ny voyoit rien qu'or en tous vases parêtre,
  Il étoit proche la feneſtre
  Qui regarde ſur le jardin.
  Proche de luy Monſeigneur le Dauphin
  D'un air de Mars & d'amour agreable
  Faiſoit l'honneur de la premiere Table,
  La charmante Sœur de l'amour *

  * Madame la Princeſſe de Conty.

Faiſoit à ſon coſté dans la nuit un beau jour.
  Un peu plus bas Madame la Dauphine
Etalant de Pallas la ſcience & la mine
  Tenoit la ſienne, & de l'autre coſté
Vôtre Alteſſe Royale en pure verité, (cide,
A la ſienne Monſieur, paroiſſoit plus qu'Al-
Votre front découvroit ce courage intrepide
Qui vous fit à Caſſel le Cerbere domter,
L'Amour ne voulant pas le ſexe épouvanter
A ce grand air Guerrier entremeſlant ſes char-
  mes
Luy cauſa neanmoins en ſecret des alarmes.
Et Madame à la ſienne auroit donné des Loix
  A la Divinité des bois,

Puis qu'en vertus comme en adreſſe
Elle a gagné le pas ſur Diane ſans ceſſe. (pas,
Les Mandarins charmez de voir ce grand re-
De toute notre Cour admirans les appas ,
Se repaiſſoient des yeux & n'avoient point
d'envie ,
A ce qu'il leur ſembloit de manger de leur vie.
Mais , Madame , Colin votre Maître
d'Hotel
Cela s'entend premier , avoit mis ordre tel ,
Que dans la Salle en bas leur Table fut ſervie
Il ſçût en la tenant contenter leur envie ,
A force de mets delicats ,
De liqueurs & de fruits , Vins d'Eſpagn
& muſcats ,
Chacun jugea la Salle aiſée
*Dans l'Apartement de Theſée ***

* Mr. le Chevalier de Lorrai

Pour y bien regaler les Seigneurs de la Cour
De Barbançon fit voir ce jour ,
Quoy qu'il ſervit auprés de la Perſonne
De Monſeigneur , quand il ordonne

Que tout se fait dans l'ordre, & les grands &
   petits
Y pûrent contenter de tout leurs appetits,
De Valeille servoit Madame la Dauphine
Dont l'esprit éclairé chaque chose examine,
Votre Altesse Royale étoit par de Nolé
Servie avec grand soin, Madame par Murcé.
La Critique ne pût rencontrer dequoy mordre
    Tant tout y fut servy par ordre,
    Les Controlleurs Regnier Fillot
Y firent voir leur zele aussi bien que Bigot,
    Ils eurent soin avec de Lye
Que le vin qu'on servit ne sentit point la lie.
Mais votre vin d'Espagne en effet l'emporta
Monsieur & tous les goûts de la Cour
   contenta.
    On vid jusqu'à cinquante Suisses
Rouges en justaucorps comme des écrevisses
    (Lors qu'elles sont cuites j'entends) [sans
Suer dans leurs harnois, tant ils trouvoient pe-
    Les plats bien garnis de viandes
    Toutes delicates friandes.

L'Air, la Riviere & les Forests,
Les Plaines, les Monts, les Guerets
toute Venaison fournirent l'abondance,
Et le Gibier par excellence ;
Le Dessert fut delicieux
Et satisfit le tacte, & le goût & les yeux.
De la Pompeuse Cour on vid toute la suite
Contente & loüer le merite
De vos profusions ; car les grands & petits
Y trouverent dequoy saouler leurs appetits.
Pain, vin, viande en abondance
Et de bon goût par excellence.

Entre une & deux aprés minuit
La Cour se retira satisfaite au grand bruit
D'un nombre infiny de Carrosses,
Deux Laquais se firent deux bosses
Au bas de l'un des Escaliers,
C'est qu'ils avoient trop mis de paille en leurs
souliers.

JA. LAURENT.

www.ingramcontent.com/pod-product-compliance
Lightning Source LLC
LaVergne TN
LVHW010105060726
842524LV00006B/2331